숨은그림찾기

일상의 행복을 발견하는 작가 박현웅의 따뜻한 그림 에세이

숨은그림찾기

박현웅 글·그림

북라이프

지은이 **박현웅**

본업은 화가. 엉뚱하지만 유쾌한 에세이를 쓰는 작가이기도 하다. 홍익대학교와 동대학원에서 금속 조형디자인을 전공했다. 손으로 하나하나 깎아낸 자작나무 조각 위에 상상력 가득한 동심의 세계를 그려내는 그만의 부조작품으로 많은 예술 애호가들의 사랑을 받고 있다. 총 30여 회의 개인전을 열었으며, 200여 회의 기획전 및 국내외 유수 아트페어에 참가했다. 국제아동권리기구 '세이브 더 칠드런'Save the Children에 재능기부를 통해 따뜻한 감성을 전하고 있으며 그 외에도 캘린더, 도서, 잡지, 포스터 등 다양한 기업과의 콜라보레이션 작업으로 많은 이들에게 유쾌한 행복을 전하고 있다.

숨은그림찾기

1판 1쇄 발행 2015년 3월 20일
1판 2쇄 발행 2015년 3월 23일

지은이 | 박현웅
발행인 | 홍영태
발행처 | 북라이프
등 록 | 제313-2011-96호(2011년 3월 24일)
주 소 | 121-842 서울시 마포구 동교로 134(서교동 464-41) 미진빌딩 5층
전 화 | (02)338-9449
팩 스 | (02)338-6543
e-Mail | bb@businessbooks.co.kr
홈페이지 | http://www.businessbooks.co.kr
블로그 | http://blog.naver.com/booklife1
ISBN 979-11-85459-08-0 03800

인생에는 누구나 찾고 싶은,
아직 찾지 못한,
혹은 잃어버린 삶의 조각들이 있다.

그림으로 담아낸 일상의 소소한 행복

"작가님, 이 그림은 뭘 말하고 있나요?"

"이 보라색 꽃은 무슨 의미죠?"

전시장에 온 관람객들은 그림 속 사물 하나하나에 담긴 의미를 묻는 경우가 상당히 많다. 심지어는 무심코 그은 선 하나에도 의미를 묻는 사람들이 있다. 처음엔 "뭐가 그리도 궁금한 걸까?" 하며 의아해했는데 생각해보니 당연한 일인 듯했다. 사람들은 모든 것에 의미를 부여하고 그만큼의 가치를 더하니까 말이다. 또 그림의 숨은 의미에 반드시 정답이 있다고 생각하고 작가에게 답안지를 받아 자신의 생각과 맞추어보는 데 방점을 두는 경우도 있다.

이러한 여러 가지 이유로 전시장에서는 질문과 대답이 끊임없이 오간다. 그리고 적극적으로 설명하는 작가와 그렇지 않은 작가로 나뉜다. 둘 다 어느 정도의 장단점은 안고 가는 것 같다. 작품 설명에 적극적인 작가는 관람객의 호응을 얻을 수 있지만 신비감을 잃을 수 있고, 말을 아끼는 작가는 관람객의 궁금증을 유발하지만 작가의 재미난 상상력은 제대로 전달하지 못하는 경우가 많다.

그렇다면 작가는 자신의 작가관이나 그림에 대한 의미 정보를 제공해야 할까, 아니면 관람객의 상상력을 제한할 수 있으니 말을 줄여야 할까? 사실 이 문제는 작가들 각자가 알아서 풀 문제일 것이다. 하지만 작가가 오로지 나만을 위한 작품세계에 빠져 있다면 얼마나 큰 의미가 있을까 하는 생각이 먼저 앞섰다.

이제는 작가와 작품을 보는 관람자와의 관계, 그리고 소통을 생각해야 할 때이다. 또 한 가지 의문점은 "어떤 작가들은 왜 자신의 작품을 어렵게만 전달하려는 것일까?"였다.

모든 것을 서로 알아보고, 이해하기 쉽게 풀어낼 수는 없을까?

내가 이 책을 쓰게 된 이유도 이러한 물음에서 시작되었다. 모든 작가의 작품이 거대담론만을 논하지 않는다는 점을 말하고 싶었다. 작가도 한 동네에 사는 주민이고 똑같은 안줏거리를 놓고 막걸리를 마시며 인생을 이야기하는 사람이다. 다만 무언가에 대한 생각이나 관점을 그림으로 풀어내거나, 노래로 혹은 글을 써서 표현해낼 뿐이다.

어쩌면 예술은 예술가라는 괴짜들만의 전유물이 아니라 우리가 일상에서 행하는 모든 일이 아닌가 싶다. 어느 날 갑자기 작업실로 찾아와 커피 한잔하자며 자신이 구상한 소설을 이야기하는 친구도 예술가이고, 새로운 레시피를 개발했다며 자신의 식당으로 우리를 부르는 친구도 예술가이며, 프라모델 공작에 푹 빠진 회사원 친구도 어쩌면 진정한 예술가일 수 있다.

무엇인가를 새롭게 생각하고 그리거나 쓰거나 연주하는 건 그리 어려운 일이 아니다. 모든 이들이 처음에는 다 어설펐고 초보였다. 누군가는 다만 조금 더 지속적으로 재미있게 그 일을 계속해왔을 뿐이다.

전시장에서 그림 속 점과 선의 의미를 생각하는 것처럼 자신과 자신을 둘러싼 사람과 사물에 의미를 부여해보자. 여기 쓰인 몇 줄의 글들은 내가 사는 곳의 친구와 가족, 동료에 관한 짧은 이야기들이다. 오래된 앨범에서 보았던 즐거운 기억, 신나는 상상, 갖고 싶었던 추억의 이야기가 담긴 그림이다.

비록 몇 줄의 글과 그림이지만 나의 머릿속과 가슴속을 잠시 구경하고 가시라.

2015년 봄
박현웅

차례

Part 2 숨은 마음 찾기

마 음 이   들 려 주 는   이 야 기

Part 3 숨은 모습 찾기

평 범 한 일 상 의 재 발 견

Part 4 숨은 행복 찾기

가 까 이 에 서   빛 나 는   행 복 의   조 각 들

Part 1

숨은 그림 찾기

그 림 으 로 다 시 떠 나 는 여 행

숨은그림찾기

아버지의 책장을 정리하다
빛바랜 소설 몇 권을 발견했다.
1974년에 찍은 초판본이었다.
무심코 책을 펼치니 그 사이에 책갈피 하나가 꽂혀 있다.
힘들게 발견한 네 잎 클로버에 소원을 빌고
그 행운을 영원히 간직하고픈 맘에 코팅까지 했던 모양이다.
그러고는 20여 년이 넘는 시간 동안
까맣게 잊고 있었다.

우리가 소중히 간직하려 했던
그 행복들은
지금 어디에 숨어 있을까?

관심과 거리두기의 균형

사람들이 가진 능력 중에는 경이로운 것들이 많다
그중에서도 가장 놀라운 것은 죽어가는 화분을 살려내는 능력이다.
내 손에 들어오면 점점 시들어가던 식물도
그의 손에만 들어가면 잎의 색이 살아나고 생기마저 돋는다.
그 비결을 알고 싶어 그에게 물어보니 되돌아온 답은

"물 잘 주고 적당히 관심만 주면 돼."

사람끼리의 관계나 사람과 사물간의 관계 역시
적당한 관심과 거리가 필요하다.
그런데 그게 그렇게 힘든 일이다.

구멍

구멍 난 플래카드는 바람에 뒤집히지 않는다.
건물이나 가로수에 매달린 꼭 막힌 플래카드는
언젠가는 바람에 휘말리며 귀에 거슬리는 소리를 낸다.

그렇게 텅 빈 구멍
숨 쉴 여유가 있어야
이 바람 부는 험한 세상에서
무너지지 않고 살 수 있다.

빈센트 서점을 지나

어릴 적 빈센트 서점은 나에게 놀이터였다.
어린 내 눈엔 온갖 것들이 숨겨져 있는 보물섬 같았고
책을 펼치면 신나는 세상이 나를 반겨주었다.
선물을 고를 때도 책은 늘 단골 메뉴였다.

작은 모험을 선사하던 동네 서점들은
하나둘씩 사라져가고
대형 서점에서는 엉뚱한 상품들이
책들을 밀어내고 있다.

우린 어쩌면
삶의 중요한 것들은 잃어버리고
그 소중함을 다른 곳에서 찾아 헤매는 건 아닐까?

미완성의 편안함

과정이 주는 기대와 희망을 즐길 수 있을 때
마음껏 즐기는 것도 좋지 않을까?

완성 후엔 오히려
후회와 아쉬움이 찾아올 수도 있으니…….

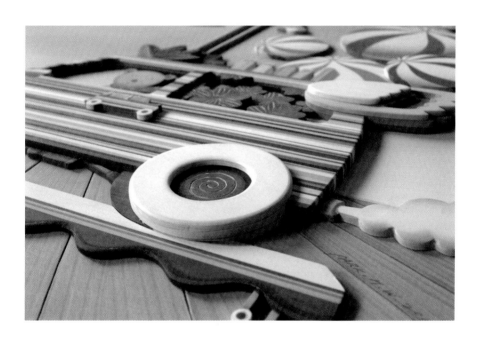

PARK. H.W. 2014

서둘지 않아도 돼

유난히 지름길을 잘 아는 친구들이 있다.
골목길마다 구석구석 꿰고 있는 걸 보면 감탄을 금할 수가 없다.
하지만 일찍 도착한 친구가 늦게 도착한 이들보다
뭔가를 더 해냈을 거라고 단정 짓진 말자.
단지 조금 먼저 도착한 것일 수도 있으니까.

잠시 늦었다면 무턱대고 서두르는 것보다
한숨 돌리고 시작하는 게 나을 때도 있다.

아직 가야 할 길은 많이 남아 있으니.

．
．
．

우리는 때로 길을 잃어보아야 한다.
세계를 잃어버린 다음에야 비로소 우리 자신을 발견하기 때문이다.
우리가 어디쯤 서 있는지 우리를 둘러싼 무한한 관계 속에서
나를 깨닫기 시작하는 것은 바로 길을 잃으면서부터다

– 헨리 데이비드 소로우 〈월든〉 중에서

20년 전 나의 상상

20년 전의 나는
20년 후의 내 모습을 상상했다.

번듯한 직장, 아침 햇살과 행복이 가득한 집
빨간 자동차, 일 년에 한 번쯤은 크루즈 여행
제법 규모 있고 전망 좋은 작업실
별장에서 친구들과 주말을 즐길 수 있는 여유…….

상상 속의 모습이란 누구나 그렇듯 멋지겠지.
상상 속의 내 모습이 현재와 비슷하면 다행이지만
비록 다른 삶을 살고 있더라도 괜찮아!
그 또한 나의 삶이니까
다르다는 건 내가 특별하다는 거니까.

연•애편지

이삿짐을 정리하다 연애편지 뭉치를 발견했다.

아내가 차곡차곡 모아놓은 것 같다.
편지를 한 통 꺼내어 읽어본다.
오글거리는 문장과 어투, 작위적인 글귀들.
경제적으로 어려웠던 그때는
그저 한 통의 편지로 마음을 대신하곤 했다.
역시 그림은 빠지지 않고 여기저기 등장한다.
글로 표현하기 어려운 마음은 그림으로 그려 보냈었다.

그때는 그런 단어와 글귀가 간절했으리라.
가난한 청춘에게도 사랑은 거침없는 열정이었을 테니…….

오늘 다시 연애편지를 써볼까?

Why not?

문득 길을 걷다 한눈에 사랑에 빠져 고백하기
점심 시간에 갑자기 버스에 몸을 싣고 훌쩍 어디론가 떠나기
꼭 갖고 싶던 가방과 신발을 나에게 선물하기
햇살과 구름이 가까운 옥탑방으로 이사하기
핸드폰에 들어 있는 모든 이를 초대해 파티하기

why not?

세상에 안 될 이유가 있나요?

.
.
.

20년 후 당신은
당신이 한 일보다 미처 하지 못한 일로 인해
더욱 후회하게 될 것이다.
그러므로 밧줄을 풀고, 안전한 항구를 떠나 항해하라.
당신의 돛에 무역풍을 가득 담아라.
그리고 탐험하라. 꿈꿔라. 발견하라.

– 마크 트웨인

나를 찾아온 초대장

짧지도 그렇다고 길지도 않은
내 인생 통틀어
이처럼 특별한 초대장은 처음이다.

완벽한 이집트식 풀장과 이국적인 음악
그릇마다 가득한 열대과일까지……
무엇보다 분위기를 압도할 만큼 현란한 색감이라니.

세상을 살다 보면
누구나 한 번쯤은
상상도 못했던 초대를 받을 때가 있다.
이때 너무 당황하지 말자.
그 초대장을 받았다면
그저 멋지게 떠나기만 하면 되니까.

난 늘 이런 상상 속에서 그림을 그린다.
언젠가는 내게도 초대장이 도착하길 꿈꾸며……

떠나는 이유

늘 여행을 꿈꾸면서도
떠나지 못하는 사람들에게는 수백 가지 이유가 있다.
여행을 떠나는 사람들의 이유는 단 한 가지
지금 떠나야 하기 때문이다.

여행의 기술

하얀 종이 위에 가고 싶은 곳을 적어본다

그리고 다른 하얀 종이 위에 그곳을 그려본다.

주위 사람들에게 그곳에 갈 거라고 슬쩍 이야기한다.

그리고 떠난다.

그럼 반드시 그곳에 도착하게 된다.

나를 한번 믿어보시라!

음악과 여행

여행하면서 순간의 느낌을 간직하고 싶다면
사진보다는 음악을 권한다.
음악을 들으며 여행을 하다보면
장소가 어디건 나만의 감정에 충실해지기 때문이다.

시간이 지나 우연히 그 음악을 다시 만나게 된다면
여행의 순간이 온전히 떠오를 것이다.
마치 멋진 소설 속에서
나의 이야기를 발견한 것처럼…….

BONJOUR PARK.H.W 2012

완전히 한가한 날

내가 가장 해보고 싶은 것 중 하나는
'아침부터 맥주 마시기'이다.
소주나 와인은 지나치게 술 느낌에다 너무 센 탓에
아침부터 마시는 대상으로는 어울리지 않는다.

아침부터 맥주를 마신다는 것은 어느 여행가가 말했듯
오늘은 나 '완전히 한가하다'는 뜻이다.
일 년에 딱 한 번쯤은
하루 종일 완벽하게 아무것도 하지 않고, 아무 생각도 없이
그냥 빈둥거리는 것도 나쁘지 않다.

나무 그늘이 드리워진 하얀 의자가 놓인 카페 한 귀퉁이
나지막히 흐르는 음악과 몇 권의 만화책.
(이 시간에는 휴대폰은 저 멀리 던져버려야 한다)

그리고 탄산 방울이 보글보글 올라오는
맑은 브라운색 맥주.

다만 한 가지 주의해야 할 점은
너무 많이 마셔서 일찍 취하는 건 곤란하다.
완전히 한가한 하루는 너무 짧으니까.

이 순간의 음악

비가 조금씩 내리는 가을 어느 날 분당행 버스 안에서
빌 워트러스의 〈La Strada〉

세비아를 떠나는 오후, 터미널 벤치에서
루이스 마리아노의 〈Maman la Plus Belle du Monde〉

바람 부는 열차 정류장에서 몬세라트를 바라보며
클레오 레인의 〈He was Beautiful〉

눈이 내리는 몽마르트 언덕에서
마리아 돌로레스 프라데라와 카에타노 벨로주의 〈Cantan Nube Gris〉

강촌을 향해 내달리는 차 안에서
박주원의 〈서울 볼레로〉

낙엽이 떨어지고 햇빛이 쏟아지는 산책길에서
베리 화이트의 〈Love's Theme〉

어디론가 떠나는 비행기 안에서 나지막하게 흘러나오는
모차르트 현악 5중주 1번 B flat장조 KV 174

덜컹거리는 시골 버스 안에서
홀 앤 오츠의 〈Say It isn't So〉

집으로 돌아오는 길에
척 맨지오니 〈Maui Waui〉

일요일 오후 햇빛 드는 창가에서
코린 베일리 래의 〈Put Your Records On〉

아침부터 맥주로 하루를 시작했던 휴양지에서는 하루종일
샤샤 디스텔의 〈Bluesette〉

화려한 낮 풍경을 보내고 쓸쓸한 적막함이 찾아든 톨레도의 숙소 창가에서
셜리 혼의 〈Here to life〉

순간의 느낌을 살려주는 음악은
음악 그 자체를 더욱 사랑하게 되며
인생이라는 여정을 더욱 풍요롭게 만들어주는

나만의 여행 기술이다.

알바이신에서 소설쓰기

이글거리는 여름 휴가철이다.
다들 더위를 피해 산으로 바다로 떠나지만
난 나무를 깎고 그림을 그리며
이 무더운 여름을 보낸다.

내 작품 속에는 숨은 그림들이 가득하다.
평범한 일상과는 다른 하루
추리소설에나 나올 법한 도시
때로는 미지의 인물과 인연을 맺기도 한다.

하나의 그림이 완성될 즈음이면
또 다른 여행을 꿈꾸는 나는
그림 속의 방랑자이다.

토요일 오후의 스페인행

토요일 오후
스페인으로 여행을 떠난 건 순전히 오기와
나 스스로에게 한 다짐 때문이다.
떠나지 못할 거라는 말에
떠나는 게 무슨 의미가 있느냐는 한마디에
상처받고 오기가 생겨서 떠난 것이었다.

스페인에 도착한 며칠간은 지독히 외로웠다.
하지만 시간이 흐른 지금은
그러한 외로움도 소중했음을 깨닫는다.
지금도 스페인은 외로움으로 나를 부른다.
올라~

그라나다의 별

스페인 남부 그라나다의 밤하늘은
아름다운 별들로 가득했지만
나는 그저 공허하기만 했다.

이토록 멋진 풍경을
내가 사랑하는 사람들과
함께할 수 있다면 얼마나 좋을까?

혼자만의 여행에서 가장 힘든 순간이다.

Voyage

우리가 꿈꾸는 항해는
순전히 각자의 의지에 달려 있다.
시작과 진행은 우리가 결정하고
결과는 신에게 맡겨두렴.

첫 번째 엉뚱한 상상 _ 낯선 곳으로의 여행

낯을 무척 가리는 나는 낯선 장소에서 낯선 이들을 만나야하는 낯선 상황에 익숙지 않다. 영어도 할 줄 모르고 스페인어는 더더욱 낯설었다. 낯선 것은 당황과 두려움을 동반한 초조함 증세를 불러오기에 이를 치유하기 위해서는 약간의 상상력과 용기가 필요했다.

친촌으로 가기 위해 마드리드 지하철 콘데 카살 역 메디테라네오 거리에 있는 버스 정거장을 찾았다. 즐비하게 늘어선 버스들 가운데 친촌 행 버스를 찾는 것은 쉽지 않았다. 버스를 기다리는 사람들에게 친촌 행 버스가 맞는지 몇 번이나 물어보고 확인해봐도 계속 의심이 간다. 이러한 의심은 보통 목적지에 도착하고 버스에서 내려 땅을 밟는 순간까지 계속되기 마련이다.

하지만 조금씩 낯선 것들을 친근함으로, 익숙함으로 바꾸기 위해 기억을 더듬어본다. 우선 친촌 가는 버스 337번. 어릴 적 봤던 만화

영화 〈전자인간 337〉, 아버지의 휴대폰 가운데 번호 등등 애써 낯선 것의 한 부분을 친근한 기억과 연결해본다. 그제야 조금씩 마음이 놓인다. 그리고 결정적으로 아이보리 색 버스 내부와 우리 동네 청국장 집 아저씨와 비슷하게 생긴 대머리 버스 기사는 의심과 두려움을 사라지게 해준다.

빈 좌석에 앉아 차창 안으로 들어오는 따뜻한 2월의 햇살을 받으니 한결 마음이 편안해졌다. 버스의 손님들을 확인한 버스 기사는 시간을 확인한 후 출발한다. 햇빛에 크롬도금 버스 창틀이 반짝거린다.

도심을 어느 정도 빠져나와 언덕을 오를 때쯤 버스 기사가 라디오의 볼륨을 올리자 80년대 미국 팝송이 흘러나온다. "Like a Virgin~" 마돈나의 노래! 그러자 갑자기 맨 앞좌석에 앉아 있던 한 여인이 버스 통로 중간에 서서 노래를 따라 부르며 현란한 춤을 추기 시작하였다. 버스 회사가 제공하는 서비스의 한 부분인지 아니면 단순히 마돈나를 좋아하여 춤을 추는 여인인지 알 수가 없었지만 흥미로운 사건이 아닐 수가 없었다.

노래가 끝나자 여인은 붉어진 얼굴을 가리고 다시 좌석에 앉았다. 버스 뒤편 누군가 친 작은 박수를 시작으로 버스 안은 함성과 함께 거대한 박수소리로 넘쳐났다. 그녀는 아마 나와 같은 여행자이며 낯선 것에 대한 두려움을 떨치고자 그녀만의 방법으로 여행을 하고 있는 것이 아닌가 생각을 해본다.

처녀의 수줍고 낯선 여행처럼 미래에 일어날 일이 두려울 수도 있지만 그것이 주는 두려움의 아련한 짜릿함 때문에 우리는 또다시 처녀처럼, 낯선 여행을 떠나는지도 모르겠다.

Part 2

숨은 마음 찾기

마음이 들려주는 이야기

봄만 한가득 낚아왔네

봄이 와서 설렌다는 건
사랑에 빠졌거나
봄을 진정으로 느끼는 나이가 되었다는 뜻이다.
비록 봄에 사랑하지 못했을지라도
꽃을 많이 보지 못했을지라도
봄이 오는 걸 알았다는 사실만으로도
행복한 일이다.

나는 봄만 한가득 낚으련다.

미뉴에트

음악이라곤 팝송과 가요밖에 들어본 적 없는 스물한 살 남자는
작은 목마가 있는 클래식 카페 '라보엠'에서 그녀를 만났다.
그곳에는 남자의 귀에도 익숙한
루이지 보케리니의 미뉴에트가 흐르고 있었다.
그렇게 사랑은 시작되었다.

봄날 찾아온 행운 같은 만남은
비제의 미뉴에트처럼 향기로웠고
그녀를 만나러 가는 길에서의 설렘은
베토벤의 미뉴에트처럼 싱그러웠다.
남자는 그녀의 손짓 하나
바람에 흩날리는 머릿결에도 두근거렸으며
편지에 한 단어를 적더라도
모차르트의 미뉴에트처럼 깊은 의미를 새겨 담았다.

그리고…….
지금 남자의 마음은
지나간 기억에 대한 그리움으로 가득 차 있다.
바흐의 미뉴에트처럼.

영원한 보헤미안

어느 시의 한 구절처럼
바람 따라 정처 없이 떠나고 싶은 계절이다.

구름과 바다
그리고 바람에 흘러가는 배.

나의 마음에 가득 담고 떠나련다.

．
．
．

봄의 판타지와 가을의 리얼리티
떠나온 봄과 떠나갈 가을
흘러가는 것은 시간이 아니라
시간 속을 우리가 흘러가는 것이다

– 이동진, 〈필름 속을 걷다_예담〉

그리움의 색깔

꽃이 피면 어디선가 사랑이 날아든다.
수풀이 짙어지면 서로의 사랑이 더해가고
바람이 불면 사랑의 마음으로 떨린다.

낙엽이 붉어지면 사랑은 또다시 물이 들고
또 한 번의 메마른 계절이 오듯 사랑의 기억은 사라지고,
눈이 쌓이듯 그리움도 마음속에 쌓여간다.

고백

고백.
많은 용기와 결단이 필요한 일이다.
며칠을 고민하는 이유는
자신의 모든 것을 누군가에게 보여줘야 하기 때문일 것이다.
그리고 다시 돌아올 대답에 대한 두려움도 포함된다.

그럼에도 불구하고
나는 그녀에게 고백하기로 했다.
나는 지금 그녀에게 간다.
설레는 마음을 안고 그녀에게 간다.
나의 마음은 빠알간 꽃으로 가득 차 있다.

꽃씨 편지

이해인

당신이 보낸 꽃씨를 심어
꽃을 피워 냈어요
흙의 향기 가득한 꽃밭을 향해
고맙다고 놀랍다고
자꾸 자꾸만 감탄사를
되풀이 하는 것이 나의 기도
입니다
이 꽃을 사진에 담아 당신에게
보내며 행복 합니다
내 마음속에 심겨서 곱게 자라난
나의 사랑도 편지에 넣었으니
받아 주시고
당신도 내내 행복하세요

그날의 문장들

처음 그녀의 손을 한번 잡아보려
편지도 보내고 선물도 보내고
학교 앞에서 하염없이 기다려 보기도 했다.
하지만 쉽지가 않았다.

그래, 너무 쉬우면 재미없지.
'연애는 적당한 긴장감이 있어야 오래 가'
선배의 말을 떠올리며
또다시 그녀에게 편지를 썼다.

오늘 나는 그때 쓴 편지들을 발견했다.
오글거리는 글들은 접어두고
지금 소파 위에 잠든 아내의 손을 잡으며
그날의 마음을 떠올린다.

그들처럼

춤춰라. 아무도 보지 않는 것처럼.
사랑하라. 한 번도 상처받지 않은 것처럼.
노래하라. 듣는 이 없는 것처럼.
살아라. 이곳이 천국인 것처럼.

— 알프레드 디 수자

가을이 오면

누군가가 사무치게 그리워진다면
가을이 온 것이다.

가을은 그렇게 그리움을 몰고 다닌다.

오래된 자의 지혜

동생이 아흔 넘은 할머니에게
먹고 살기 힘들다며 푸념을 늘어놓는다.
그러자 할머니가 말했다.

"돈은 다리가 세 개여. 사람은 다리가 두 개고.
쫓지 말어. 못 쫓아가."

PARK. H. W. 2012

외할머니의 마지막 선물

아흔다섯의 연세로 돌아가신 외할머니 댁은 남쪽 지방 끝자락.
아주 먼 곳이기에 나는 쉬지 않고 달려갔다.
입구의 하얀 국화와 검은 상복이 이곳이 초상집임을 말해준다.
하지만 어느 누구 하나 어두운 얼굴이 없다.

영정 사진 앞으로는 어린 아이들이 기어 다니고
조금 큰 아이들은 손님들을 맞이할 상 사이로 정신없이 뛰어다닌다.
기억의 서랍에 잠시 넣어두었던 얼굴들은 새로운 이들을 데리고 온다.
오랜만에 만난 이들은 외할머니가 돌아가신 슬픔보다
다시 만난 기쁨에 환한 미소로 서로를 얼싸안고 웃는다.

오래되거나 사라진 자리는 새로운 것이 메우듯
외할머니는 새로운 이들을 위해 이곳을 남겨놓고 가셨으리라.
사진 속 외할머니의 미소가 유난히 따뜻해 보인다.

외갓집 가는 길

나는 이 길을 14년 만에 걷고 있다.
예전의 그 길이지만 많은 것들이 변해 낯설기만 하다.
마을 입구에서 몇 십 년째 자리를 지키고 서 있는
커다란 정자나무와 붉은 얼굴의 백일홍만이 나를 알아보는 듯싶다.
이제 외할머니가 안 계신 이곳을 언제 또 찾게 될까?

오래된 기와, 무성한 대나무 숲, 축축한 우물가와 독특한 냄새
그리고 온갖 식물이 무성한 마당······.

오래된 것들은 사라지고 새로운 것들이 그 자리를 메워도
외갓집을 향하는 추억의 길만큼은 늘 그 자리를 지키고 있을 게다.

참 복잡한 세상

친구에게 하는 말은 아내에게 하지 못하고
아내에게 하는 말은 부모에게 하지 못하고
부모에게 하는 말은 직장 동료에게 하지 못하고
직장 동료에게 하는 말은 친구에게 하지 못한다.

해야 할 말과 하지 말아야 할 말을 구분 짓는 것은 힘들다.
세상 참 복잡하다.

후회도 삶의 한 조각

누군가 이런 말을 했다.
사람은 나이를 먹으면
자신이 한 일을 후회하는 것이 아니라
못 해본 일을 후회한다고.

삶에서 후회는 되도록 없어야겠지만
작은 후회가 남더라도

그마저 아름다운 내 삶의 조각이라는 것을…….

.
.
.

"그대의 꿈이 실현되지 않았다고 해서 가엾게 생각해서는 안 된다.
정말 가엾은 것은 한 번도 꿈을 꿔보지 않은 사람들이다."

– 크리스토프 에셴바흐

어느새 이렇게

김광석의 〈서른 즈음에〉가
귀에 들어온 것은 이미 마흔이 다 되어서였다.
정작 서른에는 느끼지 못했던 여러 감정이
한꺼번에 몰려왔기 때문일지도 모른다.
노래 가사처럼
정말 이런 나이는 나에게 오지 않을 거라 생각했는데
어느새 시간이 흘러버렸다.
계절은 또다시 돌아오지만
행복한 시간들은
늘 아쉽게 지나가 버린다.

친구란

사십대에 들어서니
친구라는 존재가 새삼 특별하게 다가온다.
저마다 다르기에 더욱 소중한 그들이다.

만날 때마다 생뚱맞은 주제를 꺼내는 친구는 웃음을 주고
묵묵히 이야기를 들어주는 친구는 외로움을 달래주고
잔소리와 더불어 따끔한 충고를 아끼지 않는 친구는 삶을 돌아보게 한다.

어릴 땐 그들의 소중함을 몰랐으며
때론 진심어린 충고에 맘이 상해 외면하기도 했다.
이제는 그들을 통해 세상을 배우고 그들이 있어 사는 것이 즐겁다.

MON AMI

NUAGE

MON AMI

MON AMI

그런 사람

창밖으로 보이는 소나무가
바람에 몹시 흔들린다.
사방에서 바람이 불어
춤을 추듯 요동치지만
나무는 다시 제자리를 찾아간다.
소나무는 언제나 그 자리에서
하늘을 향해 꼿꼿이 서 있다.

살면서 그랬으면 좋겠다.

언제나 그 자리에 서 있는 그런 사람.

.
.
.

겨울이 오면 봄은 그리 멀지 않으리.

— 셸리

우리의 여행은 호수를 걷는 듯

아내와 결혼하면서 일 년에 꼭 한 번은
여행을 떠나기로 약속했다.
경제적으로 어려운 시기에도
우리는 짧고 소박한 여행을 떠났다.
그 약속은 아직도 지키려고 노력 중인데
딸이 태어나 셋이 함께하게 되면서
우리의 여행은 더욱 이야기꺼리가 풍부해졌다.
다른 사람들에게는 특별한 목적도 목표도 없는
어쩌면 평범한 여행으로 보일 수도 있지만
우리에게 여행은
언제나 설렘을 선사해주는 신나는 모험이며
우리에게 여행은
호수를 걷는 듯
새로운 세상으로 향하는 산책이다.

또다시 사랑

봄이 다시 돌아오듯
사랑은 또다시 찾아오며

여름이 다시 돌아오듯
사랑은 더욱 타오르며

가을이 다시 돌아오듯
사랑은 낙엽 따라 돌아서고

겨울이 다시 돌아오듯
사랑은 깊은 잠에 빠져든다.

부모님 곁을 떠나 어린 나이에 서울로 올라왔다. 할머니와 살았던 동네는 성북동이 훤히 보이는 비교적 시야가 확 트인 곳이었다.

어느 날 나는 갑자기 누군가가 너무 보고 싶었다. 가슴이 터질 것만 같았다. 보고 싶은 얼굴을 떠올려 봤으나 그가 누구인지 알 수가 없었다. 너무 답답했다. 2층 베란다에 쪼그려 앉아 동네를 내려다보았다.

차가운 유리창으로 선명하게 반사되는 보랏빛 노을이 너무나 아름다웠다. 하지만 마음을 치유해준다는 그 빛깔도 나의 답답한 마음을 달래주지는 못했다. 그래서 눈물이 난 걸까? 노을빛 위로 보고 싶은 얼굴을 무심코 그려보았다. 그건 지금까지 내가 보았던 기억 속의 얼굴은 아니었다. 눈물을 훔치며 옆에 있던 작은 장독을 보았다. 노을 때문에 유리창보다 또렷이 반사되는 장독은 어른거리는 내 눈에

서 멈추었고, 어느새 나는 장독을 안고 있었다. 그리고 나는 편안함
을 느꼈다.

   뚜껑도 없이 속이 텅 빈 그 안에는 누군가를 보고 싶은 나의 마음
이 가득 담겨 있었다. 내 뺨에는 다시 한번 눈물이 흘러내렸다. 하지
만 그건 아까와는 다른 의미의 눈물이었다.

   나는 그 장독을 오랫동안 안고 있었다.

   아주 오랫동안…….

Part 3

숨은 모습 찾기

평범한 일상의 재발견

비발디를 들려주렴

내 차에 동승한 제자가
스피커에서 흘러나오는 음악을 듣다가
무심결에 말을 건넸다.

"선생님도 클래식 들으세요?"

아! 이건 무슨 소리인가?
나는 도대체 어떤 음악과 어울려 보이는 사람이란 말인가?

개인의 취향

1980년대는 팝의 전성기였다.
그때의 음악이 모두 좋았다고 말할 순 없지만
아직도 나의 마음을 설레게 하는 건 분명하다.
지나간 음악을 듣는다고
나이 먹었다는 핀잔을 가끔 듣는다.
한 친구는 모르는 아이돌이 없을 만큼 최신가요를 즐기는데
중학생 딸보다 더 많은 곡과 가사까지 꿰고 있다며 자랑이다.
하지만 그렇게까지 해야 하나?
이건 단지 취향의 문제일 뿐
조금 오래된 음악으로 퇴물 취급할 일은 아니다.

마이클 잭슨의 〈스릴러〉 앨범을 듣노라면
다시 그때의 나이로 돌아간다.
비록 방바닥 위에서 문워크를 하다 발목을 삐끗해
딸의 핀잔을 들을지라도 마음만은 젊다고 위안해본다

음악을 위해

음악보다는 기계와 감각적 음향 때문에
오디오에 미친 선배가 있었다.
어느 날 선배는
시골 버스 스피커에서 흘러나온
코모도스의 〈Sail On〉을 듣고
갑자기 가지고 있던 모든 오디오를 처분했다.
음향보다는 음악이 먼저 들린 것이다.
요즘 내가 가끔 오디오에 대해 말을 꺼내면
선배는 이렇게 이야기한다.

"음반이나 많이 사."

수집가

진정한 수집가는 욕심이 아닌

열정을 수집한다.

카바티나에서 코파카바나까지

전혀 어울리지 않아 보이는 것들이
의외로 잘 맞는 경우를 종종 본다.
어쩌면 어울린다는 개념은
관습이나 편견 속에서 만들어지는 것일지도 모른다.

코파카바나 해변에서 카바티나를 듣는다.
화성에서 온 남자와 금성에서 온 여자
오징어와 땅콩
키 큰 남자와 키 작은 여자
미녀와 야수
조제, 호랑이 그리고 물고기들
낙타와 바늘구멍
호랑이와 곶감
여우와 두루미
그리고 나의 어머니와 아버지

안 맞고 안 어울릴 것 같지만 다 그들만의 짝이 있는 법이다.

Bonbon

여기 그려진 봉봉(Bonbon)을 보고
사탕이라고 생각한다면 최소 40세 이상이다.
그리고 풍선 또는 비치볼이라 생각하는 당신은
아직 어리시군요!

창가에 비친 나

저녁 무렵
창가에 비친 내 모습을 보고 깜짝 놀랐다.
동네 백수 아저씨가 서 있었기 때문이다!
남들이 바라보는 객관적인 내 모습을 체험한 순간이었다.

CHAMBRE ROUGE

붕어빵

누가 그랬는지
딸은 아빠를 닮아야 예쁘다는 말이 있다.
나는 이 말에 동의하고 싶지 않다.
굵은 다리, 수북한 털, 넓은 어깨…….
이런 걸 닮으면 안 된다. 동의할 수 없다.

요즘 딸이 부쩍
"아빠, 나 예뻐?" 하며 물어본다.
고개를 끄덕인다.
조금 속상하지만
그래도 예쁜 내 딸.

아내의 초능력

귀신같이 비상금을 찾아내는 투시력
오늘도 술 먹는 날임을 알아내는 독심술
한꺼번에 여러 일을 하는 다중작업술
매를 들지 않고도 아이들을 평정하는 독설술
아침 시간 온 식구를 깨우는 텔레파시
아무도 찾지 못한 손톱깎이를 찾아내는 신통력
감정에 따라 주변 온도가 달라지는 변온술
화장 30분 만에 완전히 다른 사람으로 바뀌는 변신술
말 한마디에 찬바람이 몰아치는 기공술
자신의 잘못이 인정되는 순간에는 유체이탈

미안함은 언제나 진행 중

아내에게 자주 하는 말.
"사랑해. 미안해. 다음부터는 안 그럴게."

사랑은 언제나 미숙하고
미안함은 언제나 진행 중이다.
살면서 "미안해."라는 말을
언제쯤이면 안 하게 될까?
"사랑해."라는 말만 주고 받으며
살 수는 없을까?

남자들에게는 풀어야 할 숙제가 참 많다.

아버지와 크레파스

어렸을 적 아버지는
내가 원하는 건 무엇이든 다 그려주셨다.
어린 나에게 아버지의 손은 신기했다.
스윽
연필이 몇 차례 오가면 밑그림이 완성되었고
흔히 볼 수 없는 다채로운 색으로 그림을 채우셨다.
나는 자유롭고 특이한 배색을 구사하던 아버지 밑에서 자랐고
결국 미술을 전공해 지금도 그림 그리는 직업을 갖고 있다.

그리고 아주 오랜 시간이 흐른 뒤에 알게 된 사실 하나
나의 아버지는 색맹이셨다.

낯선 곳에서 길을 헤매다

운전을 하다가
가끔 길을 잃는 경우가 있지요.
하지만 어느새
목적지에 도착해 있잖아요.
잠시 길을 잃은 것 같아도
걱정 마세요.

결국 우린 집에 와 있을 겁니다.

삶의 진정성은 목적지에 있지 않다.
진정한 것은 그 과정의 아름다움이다.

― 오쇼 라즈니쉬

사진

운전면허를 갱신했다.
예전 증명사진이 정말 마음에 들지 않았던 터라
이번엔 멋지게 찍으리라 결심했지만
지정을 잘못하는 바람에
원치 않던 사진이 등록되어버렸다.

이제 교통경찰관에게 면허증을 제시할 때
그 사진처럼 우스꽝스러운 표정을 지어야만 한다.
사진을 보는 사람마다 간만에 웃는다고 좋아할 정도다.
아!
면허증 사진을 바꾸기 위해 또다시 십년을 기다려야 하나.

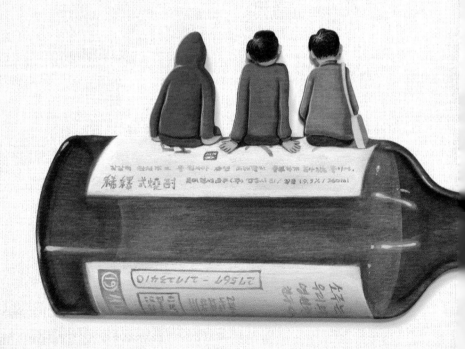

오늘은 회식

오늘은 뭘 먹을까?
한잔해야지.
동네에 사는 친구들이 모였다.
회나 먹을까?
에이, 방사능 때문에.
그럼 고기에 소주?
미국산 아냐?
음, 그럼 치맥?
우리 나이에 튀긴 음식은 안 좋아.
그럼 뭘 먹냐?
정말 먹을 게 없다.

남자들의 관심거리

남자가 셋 이상 모이면 꺼내놓는 화제는 무조건
자동차, 여자, 정치 이야기이다.

이러한 화제는 자연스럽게 바뀌곤 하는데
대개 누군가의 아내로부터 전화가 왔을 때다.

하늘이 무너져도 솟아날 구멍은 있다

갑자기 소나기가 내려 비를 맞고
멀쩡한 하이힐 뒤축이 부러지고
휴대폰이 물에 빠져 전화번호를 몽땅 날려도…….

어떤 하늘이 무너져도 솟아날 구멍은 있다.

성격은 바뀐다

성격이란 좀처럼 바뀌지 않지만
아들 셋을 둔 엄마는 그럴 수 있다.

백퍼센트!

최고의 날

인생의 막바지에 도달해서 뒤를 돌아보고는 이런 결론을 내렸어.
자신이 고통 받았던 날들이 인생 최고의 날들이었다고.
그때의 자신을 만들어낸 시간이었으니까.
언젠간 그런 고통의 날들이 그리워질 거야.

— 영화 〈미스 리틀 선샤인〉 중에서

기억의 조각들

길을 가는데
누가 어깨를 툭 치며 나를 알은체했다.
아주 오래전 동창인 것까지는 알겠는데
그 이상은 기억이 도통 나질 않는다.
나는 그가 실망할까봐 눈치를 보며
괜한 미안함으로 알은체를 하였다.
그리고 기억을 더듬어
기억의 조각들을 재구성해본다.
하지만 너무 아련해진 기억을
완전하게 재생하지는 못했다.

나도 내가 아는 누군가에게는
기억조차 나지 않는 존재일지 모른다.

동그라미

나무판에서
부드러운 동그라미 여러 개를 얻기 위해서는
동그라미와 동그라미 사이의
뾰족한 부분을 남길 수밖에 없다.

둥글고 원만한 것이 존재하기 위해선
날카롭고 뾰족한 것이
그만큼 나올 수밖에 없는 것이다.

남의 상처는 아픔을 모른다

나이가 들면서 조심할 것 중 하나는 불필요한 말들이다.
또 오로지 내 말만 옳다는 생각이
머릿속 어딘가에 정착해버리는 것이다.

친구에게 건넨 말 한마디가
마음의 상처가 되었다는 사실을 문득 깨달았다.
그걸 인식하는 시간이 이렇게 오래 걸린 것도
내게는 잘못이 없다는 이기적인 생각 때문이다.
오늘 친구에게 휴대폰으로 문자를 보냈다.

"한잔하자, 친구야."

세상에서 가장 중요한 때는 바로 지금이고
가장 중요한 사람은 지금 함께 있는 사람이며
가장 중요한 일은 지금 곁에 있는 사람을 위해 좋은 일을 하는 것이다

– 톨스토이, 〈세 가지 질문〉

요즘 나는 코끼리가 등장하는 그림을 상당히 자주 그린다. 그 이유는 얼마 전에 일어난 사건 때문이다.

무덥고 무료한 날씨로 몸과 마음이 지쳐있던 8월의 오후, 나는 선풍기를 1단으로 가볍게 틀어놓은 채 작업실 한편에 놓인 의자에 기대앉아 창밖을 바라보고 있었다.

나의 작업실은 도심에서는 좀처럼 보기 힘든, 뒤편으로 작은 숲에 개울이 흐르는 조용한 곳에 위치하고 있었다. 인적이 드물다 못해 때로 외롭기까지 했다.

나무를 주로 다루는 작업이라 먼지가 많이 생기기 때문에 에어컨은 꺼두고 문과 창문을 열어두는 날이 많았다. 가끔 동네 강아지나 염소가 얼굴을 빼꼼 들이밀며 길을 묻거나 안부를 전하곤 했다. 그리고 일 년에 한 번쯤 사자가 찾아오기도 했다.

하지만 이번엔 뭔가 달랐다. 마치 커다란 덩어리가 공간을 가득 채우며 밀려드는 듯했다. 평소 작은 동물들의 실루엣과는 전혀 다른 느낌이었다. 1층 창밖으로 커다란 구름 그림자가 스르르 움직이는 것 같았다.

반쯤 열린 작업실 문틈으로 바람과 함께 거대한 무언가가 들어왔다. 순간 솔직히 조금 무서워진 나는 눈을 감고 자는 척했다. 그러나 워낙 순식간에 일어난 일이라 나의 연기는 타이밍이 맞지 않았고 금방 탄로가 났다. 감았던 눈을 다시 떠야 했다.

아기 코끼리였다.

짧은 순간 여러 가지 생각이 들었다. 얼마 전 친구의 사무실에 코끼리가 난입해 쑥대밭을 만들었다는 이야기가 생각났다. 사무실에 있던 애플 컴퓨터 백 대가 모두 박살난 희대의 사건으로 뉴스에도 보도되었다. 코끼리의 주식이 사과였나, 그 찰나에 이런 생각까지 들었다.

나는 그냥 자리에 앉아 있었다. 아무리 아기 코끼리라 해도 덩치는 황소만 했다. 작업실이 너무 작았기 때문에 아기 코끼리도 더 이상 다른 자세를 취할 수가 없었다. 그렇게 서로 잠시 동안 아무 말이 없었다.

얼마나 시간이 지났을까? 나는 코끼리 눈치를 보다가 갑자기 '내가 왜 내 작업실에서 주눅 들어야 하지?' 하는 생각이 들었다. 그리고 머릿속에서 위엄 있는 단어를 조합해 "코끼리야! 넌 내 작업실에 왜 들어왔니?"라고 말하려는 순간, 아기 코끼리가 재빠르게 내 옆에 앉았다. 곁눈질로 코끼리를 쳐다보았다. 나는 거대한 것이라도 귀여울 수 있겠다는 생각을 했다. 그리고 혼잣말로 속삭이듯 날씨에 관한 이야기를 중얼거렸다.

어느새 아기 코끼리는 내 이야기에 귀를 기울이고 있었다.

Part 4

숨은 행복 찾기

가까이에서 빛나는 행복의 조각들

소소한 일상의 위대함

당신에게 찾아온
작은 기쁨의 순간들을 기억하나요?

부드럽게 당신을 어루만져주던 오후의 햇살
힘든 순간에 따스한 위로를 건네주던 사람들
갓 태어난 아기와 처음 눈을 맞추던 순간
사랑하는 이의 환한 미소

가끔은 바쁜 발걸음을 멈추고
당신의 하루를 가만히 들여다보세요.
눈부시게 반짝이는
삶의 조각들을 찾게 될 거예요.

피터팬

언제부터인지
토요일이 와도 들뜨지 않고
언제부터인지
12월이 돼도 설레지 않는다.
단순히 나이를 먹는 것이 아니라
이제야 어른의 나이를 가지게 된 것일까?

하지만 때로는
그 시절의 피터팬으로 돌아가고 싶다.

숨은행복찾기

어릴 적 신문이나 과자 포장지에 그려진 숨은그림찾기를 즐겨 했다.

신발, 안경, 우산, 오리, 연필…….

때론 우산을 찾으려다
우연히 신발이나 오리를 발견하곤 했다.
어려움 없이 찾아낸 숨은 그림은 그 자체로 행운이었지만
끝내 찾지 못한 그림도 적지 않았다.

나는 이따금 우리가 살고 있는 세상이
숨은그림찾기 같다고 생각한다.
일상 속의 행복은 생각치도 못한 순간에 다가오기도 하지만
때론 찾으려 애를 써도 쉽게 손에 잡히지 않는다.
하지만 찾는 것을 포기하진 말자.

그 속에서 뜻밖의 오리와 신발이
우리에게 행운처럼 다가올테니…….

보이는 음악, 들리는 그림

P씨:
우연히 악기점을 지나치다 예뻐서 집어온 우쿨렐레.
한 번도 연주해본 적은 없지만
매끈한 실루엣만 봐도 왠지 맑은 음색을 들려줄 것 같다.

고갱 씨:
나는 보기 위해 눈을 감는다.

파가니니 공연장의 청중:
그의 연주는 현란한 색의 향연처럼 꿈틀대며 대지를 흔들었다.

눈에 보이는 것이 그림의 전부가 아니며
들리는 것만이 소리의 전부는 아니다.
마음이 움직인다면
음악이 보이고 미술이 들릴 수 있다.

북 카페

아침부터 친구에게 전화가 왔다.
"요 앞 새로 생긴 북 카페로 나와."
아담한 카페를 생각했는데 내부가 상당히 넓다.
날씨가 더워서인지 이른 시간인데도 사람들이 많다.

고층 아파트 창문처럼
층층이 자리 잡고 있는 수많은 책들
노트북을 켜놓은 채 뭔가에 열중하는 사람들.

그런데 그 모습이 왜 이리 낯설게 보이는가?
주위를 둘러싼 수천 권의 책들이 바라보고 있다.

묵묵히.

커피

아무리 유명한 커피도
시간이 지나면 맛이 없어지고
아무리 귀한 향수도
오래 두면 향이 사라지며
아무리 비싼 와인도
오래 두면 풍미를 잃게 된다.

무엇이든 맛과 향이 진할 때 즐겨야 한다.
너무 아껴두면 때론 똥이 될 수도 있다.

PARK. H. W. 2012

비상금

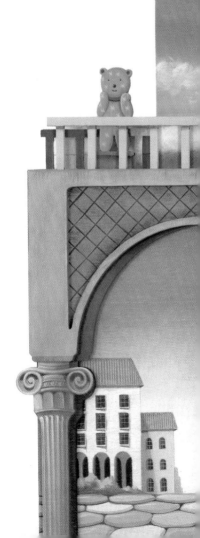

비밀이 없다면 그만큼 허전한 것이라고
누군가가 말했던가?
그런 비밀을 잘 말해주는 단어가 '비상금'이고
이것은 꼭 숨겨놔야 제 맛이다.
하지만 이놈은
영원히 비밀을 유지하기 힘든 족속이다.

친구가 아내에게 비상금을 들켜
모조리 빼앗겼다며 하소연했다.
"잘 좀 숨기지 그랬어."
건네는 소주잔에 심심한 위로를 보탰다.

그런데 가만히 생각해보니
남자들은 왜 숨겨둔 비상금을 들키면
반드시 빼앗겨야 하는지
도무지 이해가 가지 않는다.
이 미스테리는 영원히 풀 수 없을 것 같다.

지하철에서 조용히 특별한 사람 되기

1. 2G 폰을 만지작거린다.
2. 두툼한 책을 읽는다.
3. 뭔가를 열심히 고뇌하는 척한다.
4. 노트에 스케치를 한다.
5. 혼자 웃는다.

소설

예전엔 소설을 읽지 않았다.
소설은 모두 뻔하고 무의미한 시간 낭비라는 생각에
전공과 관련된 전문 서적 위주로 읽으려 했고
그래야 남는 거라고 생각했다.
그리고 시간이 많이 흐른 어느 날
무심코 아내가 읽던 단편소설을 접하고
아직 어른이 되지 못한 나를 발견했다.

그 소설은
내가 존재하는 세상과
그 속에서 부딪히며 살아가는
내 이야기였다.

시크릿은 없다

한 베스트셀러 작가가 남긴 문장이다.

'간절히 원한다면 우주가 너를 위해서 움직인다.'

글을 읽은 나의 아내는 이렇게 말했다.

"우주가 움직이는 게 아니고
내가 움직여서 그리 된 거지."

그래서 난 일요일에도 작업실로 나간다.

인생이란 비스킷 통이라고 생각하면 돼
비스킷 통에 여러 가지 비스킷이 가득 들어있고,
거기엔 좋아하는 것과 그다지 좋아하지 않는 게 있잖아?
그래서 먼저 좋아하는 걸 자꾸 먹어 버리면,
그 다음엔 그다지 좋아하지 않는 것만 남게 되거든,
난 괴로운 일이 생기면 언제나 그렇게 생각해,
지금 이걸 겪어두면 나중에 편해진다고.
인생은 비스킷 통이라고

– 무라카미 하루키, 〈상실의 시대_문학사상〉 중에서

그랑드 자트 섬의 일요일 오후

쇠라는 제각각 다른 색의 점을 찍어
아름다운 그림을 완성하였다.

우리도 반복되는 일상에서
정성을 다해 무수히 많은 점들을 찍는다.

그 점들이 모여 우리의 삶을 완성시킬 것이다.

쇠라의 그림 속에서
쓸모없는 점은 단 한 개도 없다.

익숙함을 경계하라

좋아하던 것이
어느 순간 식상해지는 것은
익숙해졌기 때문이다.

익숙해진다는 것은
마음이 편하다는 것 외에
장점이 하나도 없다.

우리는 익숙해지는 것을
경계해야만 한다.

흑백영화가 좋은 이유

가끔씩 흑백영화를 본다.
흑백영화는 색을 알 수 없는 라디오와 같고
헌책방에서 찾아낸 소설과 같다.
오래된 앨범을 뒤적이는 듯한 설렘이 있고
기억 속의 누군가를 발견할 수 있기 때문이다.
때론 복잡한 색깔을 쏙 뺀 무채색처럼
담백하게 시간을 보내도 좋은 것이다.

"주변에 있는 작고 사소한 것들 속에 즐거움이 있다네.
아름다운 것들을 보러 굳이 멀리 갈 필요도 없어.
그저 창가에 서서 가만히 졸고 있는 강아지나
바람에 흔들리는 나뭇잎을 내다보는 거야.
그렇게 하다보면 매일 소소한 것들에서 수많은 기쁨을 느끼지.
가까이에서 작고 빛나는 것들을 찾아내."

– 칼 필레머, 〈내가 알고 있는 걸 당신도 알게 된다면_토네이도〉중에서

점점 사라져가는 것들

보물로 가득했던 책방.

밤새 펜으로 썼다 구긴 고백 편지.

지난밤 망설이다 결국 마음을 넣지 못한 우체통.

설레는 마음으로 내 차례를 기다리던 공중전화.

"친구야, 노올자!"를 외치던 골목길.

불편하지만 멋진 글씨를 쓸 수 있었던 잉크와 펜촉.

외갓집 가는 길가의 보라색 꽃들.

신비한 빛깔의 빙하와 빙산.

산속 깊이 울리던 뻐꾸기 소리.

처마 밑에 예쁘게 둥지 튼 제비집.

졸다가 맞은 선생님의 분필.

우리 입을 즐겁게 해주던 문방구표 불량식품.

나는 라디오가 좋다

많은 사람들이 스쳐간 시간의 흔적이 좋다.
주파수를 잡지 못해 새나오는 잡음도 좋다.
소리만 나오니 상상하기에도 좋다.
나처럼 평범한 이들의 사연에
안도감을 느낄 수 있어 좋다.
항상 음악이 있어서 좋다.

나는 라디오가 좋다.

카메라

후쿠시마 원전이 터졌을 때 가장 기억에 남은 장면은
모든 것이 처참하게 무너지고 널브러진 쓰레기 더미에서
뭔가를 열심히 찾는 사람들이었다.

그들이 찾는 건 가족 앨범이었다.
모든 의식주가 정지되더라도
그보다 중요한 것은 가족
그리고 그들과의 추억이었다.

선물

친구가 지인에게 선물하기 위해
작업실에서 뭔가를 열심히 만들고 있다.
땀을 뻘뻘 흘리면서도
직접 만든 선물을 받을
상대방의 환한 얼굴을 상상하는지
미소까지 머금었다.

언제였던가!

누군가에게 줄 선물을 준비하면서
설레던 시절이…….

꽃 사세요!

예전에는 꽃이 별로였다.
'꽃은 그저 들판에서 피고 지는 것이지.'
'꽃을 그리는 건 고리타분해.'
'꽃은 술에 취했을 때만 사는 것 아냐?'

그러나 어느 순간부터 나는
꽃구경을 즐기고
화사한 색의 꽃을 자주 그리며
생화로 가득한 꽃병을 보며 흐뭇해하고
아내에게 줄 꽃을 사기 위해 자주 꽃가게에 들른다.
언제부터인지 나는 꽃 예찬론자가 되어 있었다

"꽃 사세요!"

행복과 희망

오늘을 살게 하는 것은 행복이고
내일을 살게 하는 것은 희망이다.

행복은 내 안에 있고 희망은 행복 안에 있다.

행복은 때때로 당신이 열어놓은 줄 몰랐던 문을 통해 슬그머니 들어온다.

– 존 배리모어

네 번째 엉뚱한 상상 _ 구름이 들어와

내가 사는 곳은 도심은 아니지만 몇 년 전부터 상업 특구로 지정되면서 고층 빌딩이 빼곡히 들어섰다. 그곳에서도 유난히 회색빛이 도는, 고층 빌딩 그늘에 가려진 작은 건물 5층. 지상으로부터 약 15미터 위에 우리 집이 있다.

거대한 빌딩에 가려 햇빛이 들어오지 않기 때문에 빨래가 잘 마르지 않아 걷을 때마다 찝찝하다. 또 화분의 화초도 제대로 자라지 못한다. 커다란 빌딩 그림자에 비해 왜소해만 보이는 화초 때문에 마음까지 우울해진다.

창밖으로는 그저 빌딩만 보일 뿐이다. 이곳으로 이사한 다음부터 빌딩 숲이라는 단어가 더욱 절실히 다가온다. 이따금 영화처럼 철새가 지나가고 허공을 떠도는 연이나 풍선이 집으로 들어오기도 하지만, 콘크리트나 단조로운 유리면으로 이루어진 건물은 사람을 무료

하게 만들기에 충분하다.

비나 눈이 오는 날에는 빌딩을 뒤덮은 물기 때문에 시야가 넓어진 듯하지만 그런 착시도 잠깐이다. 창밖의 회색빛 풍경은 시간이 멈춘 듯 늘 그 자리에 머문다.

공기가 차가워지고 바람이 조금씩 불어오는 이른 아침, 창밖은 온통 하얀 솜사탕으로 가득한 것처럼 보였다. 온 세상이 눈으로 덮였던 풍경과는 전혀 다른 느낌이었다. 창가로 다가서서 밖을 쳐다봤다. 초점을 근경과 원경으로 계속 옮기면서 살폈다.

구름이었다.
눈부시게 하얀 구름.
물만 품은 보통의 구름이 아니라 햇빛도 흠뻑 머금은 뽀얀 구름이었다.

그늘에 가려진 집 주위 풍경과는 너무나도 대조적이었기에 그 순간을 평생 잊을 수가 없다. 창문을 열자 상쾌한 아침 공기와 함께 구름이 밀려들었다. 옆에 있던 M이 소리쳤다.

"야, 구름이 들어온다!"

이럴 수가! 순식간에 집 안은 스멀스멀 스며든 구름으로 가득 차버렸다. 게다가 바람이 갑자기 멈추면서 더 이상 흘러가는 구름이 아니라 그림 풍경 속의 정지된 구름으로 변해버렸다.

안개와는 전혀 다르다. 터널 속 어둠에서 빛나는 작은 별빛이 아니라 햇빛으로 눈부신 하얀 세상이 시야에 들어왔다. 잠시 동안 흐르던 정적이 흔들리는 풍경 소리에 이내 깨지고 말았다. 그리고 물건이 떨어지는 소리, 깨지는 소리, 물 흐르는 소리가 났다. 우리는 갑자기 기분이 좋아졌다. 한치 앞도 보이지 않으니 자꾸 뭔가에 부딪히지만 서로를 더듬거리며 상대방의 존재를 확인했다.

아무것도 보이지 않기에 귓가의 소리는 점점 더 커져갔다.

생각지도 않았던 뜻밖의 손님처럼 부딪치고, 더듬던 우리는 스스로의 행동이 우습게 느껴져 큰 웃음을 터트리고 말았다.

수고했어 오늘도

일 년 동안 전시를 준비하며 겪어야 했던 힘든 순간과 불안한 감정들이 전
시 마지막 날 아내의 한마디에 연기처럼 사라져버렸다.

"수고했어."

그러나 항상 그렇듯이 여기서 끝나는 것이 아니다. 전시가 끝나자마
자 또 다른 작업이 시작된다. 시작이 있으면 언제나 그렇듯 누군가의 감
사로 마무리될 것이다.

"수고하셨어요! 그리고 감사합니다."

Part 1
숨은 그림 찾기

영원한 보헤미안
mixed media
70×50cm, 2012
p.14

토요일 오후의 피크닉
mixed media
51×51cm, 2013
p.16

나의 정원
mixed media
100×110cm,× 2011
p.18

숨바꼭질
mixed media
100×100cm, 2011
p.20

빈센트의 서점을 지나
mixed media
70×50cm, 2012
p.23

Bonjour Paul 부분
mixed media
51×51cm 2013
p.25

내가 어렸을 적
mixed media
70×50cm, 2014
p.26

피크닉
mixed media
50×50cm, 2015
p.28

지메이드씨의 방
mixed media
11.5×17.2cm, 2014
p.31

Why not?
mixed media
80×100cm, 2012
p.34

우주여행
mixed media
50×50cm, 2014
p.37

그에게서 온 초대장 2
mixed media
194×152cm, 2014
p.38

Bonbon
mixed media
70×50cm, 2012
p.42

Bonbon
mixed media
27×19cm, 2011
p.45

치티치티뱅뱅
mixed media
50×50cm, 2013
p.47

푸른 자유를 품다
mixed media
11.5×17.2cm, 2012
p.49

그리고 잠시
mixed media
50×50cm, 2015
p.52

알바이신에서 소설쓰기
mixed media
100×102cm, 2014
p.54

또다시 마드리드로
mixed media
44×78cm, 2008
p.57

그라나다의 별
mixed media
11.5×17.2cm, 2014
p.59

Rally
mixed media
50×70cm, 2012
p.60

Part 2
숨은 마음 찾기

너를 기다린다
mixed media
50호 2012
p.66

봄만 한가득 낚아왔네
mixed media
91×50cm, 2012
p.69

Minuet
mixed media
80×109cm, 2012
p.70

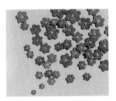

폴의 고백 V 부분
mixed media
70×60cm, 2013
p.72

그리고 다시
mixed media
50×70cm, 2015
p.74

하와이영화3
mixed media
11.5×17.2cm, 2014
p.77

소식 좀 전해주렴
mixed media
100×15cm, 2010
p.78

Bonbon 2012_c
mixed media
30×45cm, 2012
p.81

꽃씨편지
mixed media
65×80cm, 2010
p.82

Bonbon 2012_b
mixed media
30×45cm, 2012
p.83

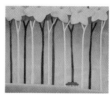

보고싶다
mixed media
81×83cm, 2007
p.86

핑크빛 시선
mixed media
11.5×17.2cm, 2012
p.89

외할머니의 봄
mixed media
45×45cm, 2008
p.90

외갓집 가는 길 3
mixed media
46×35cm, 2007
p.93

봄이 나의 마음을 보듬다
mixed media
85×85cm, 2010
p.95

행복
mixed media
11.5×17.2cm, 2012
p.96

8요일의 정원
mixed media
100×100cm, 2012
p.99

언제까지나
mixed media
11.5×17.2cm, 2012
p.101

Mon ami 1
mixed media
11.5×17.2cm, 2012
p.103

Nuage
mixed media
11.5×17.2cm, 2012
p.103

Mon ami 6
mixed media
11.5×17.2cm, 2012
p.103

Mon ami 5
mixed media
11.5×17.2cm, 2012
p.103

나무를 품고 여행하다
mixed media
35×35cm, 2008
p.105

창밖에 샤갈의 마을이 보였다
mixed media
40×37cm 2010
p.106

우리의 여행은 호수를 걷는 듯
mixed media
50×50cm, 2013
p.109

기다림
mixed media
50×50cm, 2007
p.110

나의 마음을 담고
mixed media
50×70cm, 2007
p.113

Part 3
숨은 모습 찾기

알렉산드리아의 토요일
mixed media
70×50cm, 2012
p.114

비발디를 들려주렴
mixed media
50.5×51cm, 2013
p.117

머리에 심장이
mixed media
11.5×17.2cm, 2012
p.119

지구는 내가 지킨다
mixed media
11.5×7.2cm, 2012
p.120

오스카의 컬렉션
mixed media
98.5×129.5cm, 2014
p.122

숨은그림찾기
mixed media
11.5×17.2cm, 2012
p.125

Bonbon 2012_Air plane
mixed media
46×30.5cm, 2012
p.127

Chambre rouge
mixed media
78×90cm, 2010
p.129

붕어빵
mixed media
11.5×17.2cm, 2013
p.130

Jealousy 2010_소원을 말해봐
mixed media
31×38cm, 2010
p.133

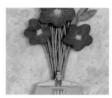

우리의 여행은 즐거울 거야
mixed media
29×31cm, 2010
p.135

어! 톰
mixed media
16.5×31cm, 2013
p.136

Bonjour Paul
mixed media
51×51cm, 2013
p.139

Bonbon
mixed media
27×19cm,2011
p.140

Yes!
mixed media
11.5×17.2cm, 2012
p.143

오늘은 회식
mixed media
11.5×17.2cm, 2014
p.144

La vie est belle
mixed media
50×40cm, 2009
p.146

푸른 하늘 저 멀리
mixed media
50×50cm, 2014
p.148

울트라 캡숑 나이스 짱
mixed media
11.5×17.2cm, 2014
p.151

기쁜 우리 젊은 날
mixed media
11.5×17.2cm, 2012
p.153

Play
mixed media
100×70cm, 2011
p.155

Bonbon
mixed media
223×158cm, 2009
p.157

Mon ami 2
mixed media
11.5×17.2cm, 2012
p.158

Vanilla
mixed media
70×50cm, 2012
p.160

Part 4
숨은 행복 찾기

봄소풍
mixed media
25×25cm, 2012
p.166

취미생활
mixed media
50×70cm, 2015
p.168

Monsieur Bonbon
mixed media
39×69cm, 2009
p.171

오리무중
mixed media
100×100cm, 2013
p.173

마티스의 기타
mixed media
11.5×17.2cm, 2014
p.175

지메이드씨의 사색
mixed media
11.5×17.2cm, 2014
p.176

어디쯤 가고 있을까
mixed media
11.5×17.2cm, 2012
p.179

세고비아의 추격자
mixed media
66.5×45.5cm, 2013
p.181

피터팬
mixed media
30×45cm, 2012
p.182

추리소설
mixed media
11.5×17.2cm, 2012
p.185

수요일 오후 3시의 소설
mixed media
100×100cm, 2014
p.186

음악이 들려오네_물고기가 말했다
mixed media
50×50cm, 2014
p.189

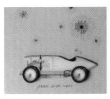

멋진 그대
mixed media
11.5×17.2cm, 2012
p.192

꽃배달
mixed media
11.5×17.2cm, 2012
p.195

Stanley market go go
mixed media
11.5×17.2cm, 2012
p.196

Stanley Marche
mixed media
11.5×17.2cm, 2012
p.196

Bonbon
mixed media
11.5×17.2cm, 2012
p.196

만물상회
mixed media
80×80cm, 2006
p.198

My my
mixed media
11.5×17.2cm, 2014
p.201

보물단지
mixed media
11.5×17.2cm, 2014
p.203

선물
mixed media
8×9cm, 2014
p.204

조금만 기다려 주세요 2
mixed media
90×120cm, 2015
p.207

만남
mixed media
61×62cm, 2011
p.208

소식 좀 전해주렴
mixed media
61×60cm, 2012
p.217